屈伸

篠原克彦

青娥書房

屈伸

屈伸目次

二〇〇六年―二〇〇八年

二〇〇九年―二〇一一年

二〇一二年―二〇一四年

歌集　屈　伸

炊込飯

二〇〇〇年—二〇〇二年

あらかじめ空を茜に染めてよりぬつと日は出づ霜田の果てに

レトルトの炊込飯に庭に摘む木の芽ひと葉を添へて食ましむ

飯つぶののこる餅にてつぶ餡をくるみて椿のひと葉を添ふる

草餅もつつめる笹も香にたちてすがしき緑たのしくもあるか

手さぐりに部屋の灯りをつけしときモディリアーニの少女が笑ふ

枯葦の騒立ちなびくをりをりに見ゆる川面の冬のきらめき

さきがけて春告げしかど沈丁花咲ききはまりてその香うしなふ

きさらぎのあした歩みて道に布く濃き街路樹の影におどろく

つぶて

著莪の花みだるる階をのぼりきて阿形吽形目を剥くところ

一天を占めてさへづりゐたりしがつぶてとなりて麦畑に落つ

不要なる花としいへど咲きいでて馬鈴薯畑かがよひやまず

電線にその秀とどけばすみやかに欅並木の枝削がれたり

山吹の黄のかがやきをしづめんとひるすぎ細き雨降りいでぬ

剪定ののちに伸びたる浅緑をひとときの雨うちて過ぎたり

加ふべき何ごとあらん囀りに覚めて蛙の鳴く音にねむる

結末

薹立ちし葉牡丹にさへ白き蝶よりて五月の昼闌けにけり

朝あさに鳥ら寄りきて飲む水にけさは白膠木《ぬるで》の小花が浮かぶ

すさまじき事情伝ふるレポーターのかたへに躑躅《つつじ》の朱き花群

因ありて果ありと知れど無残なるこの結末は思はざりしよ

報道を聞きつつおもふあるときは企業の論理われを支へき

個性あり才覚あれば疎まれて泥の舟にて沈められたり

梅雨あけに訪れくるる人あらん庭の木下に濡れて椅子あり

梅雨のまの晴れよろこぶにわざはひは電話のベルを先だててくる

走り根

やせ尾根は風強けれどうらうらに照れる冬日を負ひて歩みつ

岩場過ぎてゆるむ心か走り根にいくたび足をとられてくだる

小授鶏の声に呼ばれて雪消水たぎつ流れをいくつ越えゆく

いくたびも富士を仰ぎて砲撃の音の聞こゆる尾根道あゆむ

仙石の原焼く炎見えゐしが金時尾根にその灰が降る

峠にて会ひて別れし人ならん沢みちに大き靴あとのこる

けふ山に会ひて別れしいく人を思ふ日ぐれのせせらぎのなか

暗緑の森に入り来ぬ指ふとき遍路しるべにみちびかれつつ

負ひ目

まよひ来し猫の鳴く音のほそければ妻はひそかに餌を運ぶらし

庭の餌に寄りくる鳥をたのしむにたまに鼠も来ると妻がいふ

入院の妻見舞はんと門の辺にかをれる梅のひと枝を折る

病室を訪へば痛みの癒えたるか退屈さうに妻が寝てゐる

妻のゐぬ宵に贅あり一夜干しの烏賊あぶらんよ酒あたためん

つつがなく生き来しことを負ひ目とし病がちなる妻を目守《まも》らん

病多き妻にしあればたまたまのわがひく風邪をよろこぶらしき

草の笥

草の笥《け》にいぬたで盛りて幼子の捧げきたるをかしこみて受く

ゆたかなる実り分かたん手折り来し稲のひと穂を兄にそなへて

見るかぎり蜻蛉群れ飛びおのづから墜ちて乾びしむくろもあまた

雨の日はこもりて蟻ら見るならんほたるぶくろのなかの夕焼け

暑からぬ夏としいへど生れいでてさかんなるかな蟬のもろごゑ

診察を待ちつつ老いら声ひくく語る互《かた》みの相続のこと

素直なるひと言により慇懃の仮面たやすくはがされてしまふ

成功に近道なしと諭しつつひそかにおもふかの路地裏を

鐘の音

はちす咲く水際に弟の店ありてあしたにその香ただよふといふ

台風の残しし風に湿りなくけさはつねより近き鐘の音

耳もとに何かささやきおもむろに猫が入りくるわれの臥床に

だれにでも尾をふる犬と人間のきらひな猫と老いたる夫婦

機敏なる鳩のとなりの一羽にていつでも餌をとられてしまふ

亡き人にやすらぎあらな現世の音つつしみて拍手をうつ

舌にあまき烏賊の刺身をわれは食ふ黒きネクタイ結びしままに

免罪符

ひとところ仄明かりして山茶花はただ散るためにくにもあらず

枯菊の香ををしみつつ焚くときに青き煙はひくく流るる

鶏頭のくれなゐながくあり経しがひと霜降りて色ふかみたり

いささかの憐れみありと気づきたりかの日賜りし励ましのことば

来し方にわれのくだしし判断のおほよそ思へばコインの表裏

さまざまに語りしのちの結論は突然の死をねがひゐること

免罪符張りて商ふ吸ひ過ぎにまた借りすぎに注意しませう

ゆふべ聞きけさも聞こゆる裏山にをさな烏の母を呼ぶこゑ

芝浜

波白くくだくるところかなたにて珊瑚はぐくむ内海しづか

南国の木々しげり花の咲くなだり地下に核兵器貯蔵のうはさ

断崖《きりぎし》は風つよければことごとく海にそむきて墓群ならぶ

よろこびて犬は走りてゆきたらん渚にふかき爪あとつづく

茜空いろ深みつつ暮るるときいづべめざして鳥はかへらん

火を抱く山ある島は老いたちの交はす言葉ののどやかにして
たのめなき三万フィートの上空に「芝浜」聞きてひととき憩ふ

等高線

絶えまなく小田代原に霧湧きてひとつ鈴の音遠ざかりゆく

落葉松の林を出でて白樺の淡きみどりの日に透くところ

わたすげの群落わけて木道はつづけり等高線のまにまに

みづならの若葉の森に鳴く蟬のひたすらなれば称名のこゑ

たたさまに谿におち入る崩落の跡見ゆ湧きくる霧のあはひに

朝日岳山頂に来て孫の名を名乗る赤毛の犬に会ひたり

はつなつの光みだるる雪渓をいざ渡らんよ靴いましめて

この先に鎖場ありと雪渓に埋めて冷やししコーヒーを飲む

黒姫の山ふかければやまなかにひと日歩みて人語を聞かず

たたなはる北信の山みさくるに視界よぎりて岩つばめ飛ぶ

夕かげにかがよふ湯の面みだしつつ山に凍えしうつしみひたす

少数派

冬池を埋めてみだるる枯蓮の茎折れながら角度するどし

一山に遍く木の実降らしめてしづかなり水戸家累代の廟所

外の闇に雪ふるらんかつねよりもやさしき音に救急車過ぐ

冬の日のかげなく照らふ丘畑に規格はづれのにんじん乾ぶ

睫毛ながき瞳くらぐらみひらきて駝鳥は異国の雪をみつむる

実在を信じてサンタクロース待つ優太二年生にして少数派

くちなしの葉かげの朱美三つ四つ摘みてことしの仕事を納む

選挙談義

二〇〇三年—二〇〇五年

蒸しタオルに口ふさがれて是非もなし選挙談義を噤みつつ聞く

めひかりを揚げて浸しし酢の香りたちて今宵の酒をいざなふ

菜の花の色香添へたる白和へが親仁すすめのけふの一品

初釜を終へて寄りたる京都風ラーメン店に聞くビートルズ

子どもらの歌声ひびく校庭をよぎれずなりぬ門閉ざされて

声ひくく人ら往きかふひるすぎにレジ打つ女の語尾長きかな

こぞの春遍路の道に落とし来し鈴の音するごとき夕ぐれ

年金も控除も去年と変はりなく確定申告たちまち終はる

理非

働かず生くるくらしに慣れながら彼岸の入りの晴れをよろこぶ

訪るる人なき墓のいくつにも彼岸の雨はあたたかく降る

あきらかに操作されゐん映像にこころ動きて理非を論ずる

惨状はなまなましけれ映像に匂ひなければ切実ならず

反論のあるはずなしとカメレオンのやうなまなこに正論を言ふ

水仙の群れ咲く野辺に黒猫のむくろ埋めしがひるすぎて雨

高速路へだつなだりの大樹よりとどく恵みの花のいくひら

ふるさとの城址に桜散るさまを深夜ネットの画像に惜しむ

絵馬堂

風の道とらへし鳶か流れ矢のごとく日ぐれの山越えてゆく

軽重の願ひひしめく絵馬堂を過ぎてふたたび山吹の径

綱引きの歓声高くあがるとき負けじと鳥屋《とや》の鶏が啼く

ゆたかなる時代に育つ幼らのラジオ体操くらげのごとし

首とどく範囲の草を食ひつくし山羊は次なる杭につながる

耳遠きゆゑのみならぬ齟齬おほき会話たのしみて友帰りたり

川いくつ越えて来たりて冷や酒と冷酒のちがひ論じてかへる

始終

三月の山のひかりのともしけれ辛夷《こぶし》は天にちかづきて咲く

おだやかにくづるる音をアイゼンの下に聞きつつ春の山ゆく

青天に雲生れてより淡雪の落ちくる始終のなかを歩みつ

いとけなき花多ければこころしてゆるゆる登れ四月の山は

たどり来し尾根道すでに霞めるを菜の花香るところにあふぐ

登山口は藤の花揺れ掲示板に熊情報の書き込みひとつ

山頂に会ひて語りて木々芽ぐむ霞のなかに消えゆきしひと

髪しとるまで濃き霧を歩みきて橋のむかうはまた霧のなか

屈伸

峡に掘り庭に移して春三たび山の三つ葉は香り失せたり

しろたへのかがやき空にかかげしがけさ見る木蓮木下の無惨

年輪のうへに数ふるわが一生《ひとよ》しやくとり虫の屈伸ひとつ

あかめ垣萌えたつ園にコーヒーの苦きを飲めば愁ひといはん

職退きて六季経しかど明け方の夢に会議の席につらなる

類例のあとをたどりて酒屋からの転業コンビニけふ店仕舞ひ

さりげなくその害告げて広告は紫烟の快にわれを誘ふ

ぎこちなく壇上に愛を誓ひあふひと日かぎりのキリスト教徒

終焉

なかぞらに大き鯉ゆらりと泳ぎ女系家族の終焉いはふ

朝からの雨やまざれば蜂となりほたるぶくろのなかに眠らん

梅雨のまの晴れよろこびてはまなすの花の数ほどサーファーつどふ

いのちあるものの影なく声もなき原発のうみ雲わたりゆく

直接の利害なければ単純に夏のさむさをよろこぶわれは

道の駅の約束なれば生産者と産地しるしてかぶとむし売る

厨辺に浅蜊砂吐くありさまを思ひゐしかど眠りたるらし

甲羅

スペインを模したりといふ街並みをスペイン知らねば是として歩む

残生のねがひひとつを託しきておかげ横丁赤福を食ふ

マニュアルのままとしいへど声張りて迎へらるればうれしきものを

雨あとの柿の若葉のかがやきにしばしあづけん旅のこころを

大いなるえびの甲羅を称へつつ身のいくひらはわかちてぞ食ふ

みちのくの訛りやさしく語りたる老婆の嘘をわれはうべなふ

留守のまに揺りて過ぎけんものありと録画画面の速報に知る

来月の旅の予定をカレンダーにしるすその日のあるを信じて

椎の実

おのづから飼ひ主に似てわが犬はまた野良猫に餌とられたり

口笛に犬はましぐら帰りきぬただ縛めを受けんばかりに

椎の実が小屋のトタンをたたくたび律儀にこたへて吠ゆる老犬

一日のおほかた眠る老い猫がゆふべ風吹く庭に出でゆく

二十歳となりたる猫があらかじめ定めゐしごと食断ちはじむ

食断ちて五日澄みゆくまなこもて猫はみつむる嘆くなかれと

テレビ見るわれの傍へにつねのまま猫はねむれり覚めぬ眠りに

わが終もかくありたしと思ふまで猫さはやかに死にてゆきたり

猫逝きていく日つめたき雨のまに妻は髪型すこし変へたり

猫いたむおもひさはあれ七歳の孫祝はんよ秋の日和に

雷鳴

峡ふかく激つ瀬音につつまれてやまあぢさゐは花ひらきたり

奥社への道せまければ畏みて地に布く沙羅のしろたへを踏む

登らんか戻るべきかの逡巡を砕きて雷鳴ひとつとどろく

卒然と雷鳴せまり暗むときなだりゆるゆるくだる牛群

ふき上ぐる霧疾くしてまのあたりえぞりんだうの紫おぼろ

靴しづむまで落葉つむ急坂をくだる重力のおもむくままに

檜の森のふかくかこめる沼原は草の紅葉のさわだつばかり

松枯れのしるき石浜暮れそめて鳥海山に虹かかりたり

民意

ガラス戸に当たりし鳥の亡骸を妻は庭にて埋めゐるらし

パン屑とめし粒撒きて待ちをれば雀来たりてまずパンを食ふ

台風に落ちし林檎を庭石に置きてつがひのひよどりを待つ

庭に置く妻の花鉢数ふえて見えなくなりぬわれの万年青《おもと》は

野良猫の見えぬいく日を安らぐに仔猫三匹ひきつれてくる

来てほしい人は来なくて来なくてもいい人ばかり来る夢のなか

開票の結果をみればわれと妻は民意にとほく生きてゐるらし

両取り

終局はいさぎよくあれさはあれどこの両取りは逃げねばならぬ

街灯は霧のもなかにみずからの放射のかたちまざまざと見す

つね吠ゆる犬も噤みてあかときの闇にしんしん降りつむらしも

コスモスを分けて入り来し抜け道は鼬《いたち》もかよふらし小さき足跡

旅なれば鰤大根のあつあつに昼酒飲むを宥したまはな

「別に…」言葉にごして少年は将来のこと言はずなりたり
ガラス戸に残る幼の指あとを惜しみつつ消す年の終はりに

万物

二〇〇六年—二〇〇八年

シャッターを押しし兄逝き滝を背に手を振るわれが写真に残る

屠らんと運ぶ車上のケージにて卵産みたる鶏あはれ

道祖神の影のかたちに霜のこり丘の麦畑朝闌けにけり

じやれつきし犬の鼻ほどよく湿りひさかたぶりに雨ふる気配

ふとり過ぎの犬と孤独に病む老いのふえつづけて春万物芽吹く

熟睡の蛙いく匹起こしつつ来ん春のため菜園を鋤く

水の面にきらめきゐるも水底にゆらめきゐるも春の陽光

二〇〇八年四月

二十五円差のガソリンを混ぜて詰め走る常磐《ときは》路いづこも桜

黄金週間

連休の日常なれば人間《じんかん》の黄金週間は家につつしむ

田植機の植ゑて帰りし田に入りて老いらが苗を繕ふ日ぐれ

合鴨は飛べぬ鴨ゆゑ選ばれて稲の根方に水草を食む

師も友も病み弟も兄も病み晴れぬことしの五月逝かしむ

追ふ鵯《ひよ》も逃げる雀も梅雨のまのけさの日差しを楽しむらしき

隣接の竹林より潜入の越境たけのこ断罪に処す

おのづからひとつ評価の定まりて届く中元のおほかたは酒

悪戯をたのしむやうに重機来て道の舗装を剥がしはじめぬ

眼底に光の束を射こまれてしばらくわれは落日のなか

須和間霊園五区一種K一六二　終の住所を覚えられない

避難小屋

おぼおぼとたどりゆくべき道見えて風ふき荒ぶ大菩薩越ゆ

霧ふかき避難小屋にて携帯電話《ケータイ》に株取引の指示をするこゑ

踏みてゆくこの雪のした石楠花《しやくなげ》のつぼみひそかにふふみゐるべし

かいつぶりふいに浮かびて沼面にて安達太良山の残雪崩す

蛙鳴く声すすなはち蛇も出づといましめ合ひてさわらび探る

朝かげに春の薄雪きらめくに乙女峠は砲音ひびく

燠《おき》に焼く岩魚と地酒に待つと聞けば熊除け鈴をふりて登らん

うぐひすの咎むる声は聞きおきて若葉香にたつ山に分け入る

遊動円木

天翔しかのときの風待ちてゐん海辺の駅にならぶ自転車

園芸種四つ葉しろつめありと聞くしあはせともども売られゐるのか

頤ひきて思索まとめてゐし鳩がうなづきながら歩みはじめつ

公園は遊動円木撤去され安全退屈な空間である

ＣＭにほほゑみゐるはいましがたドラマの中に逝きしヒロイン

研究にあまた鼠を死なしめて娘は猫毛アレルギーとなる

蟹のあはれ短く言ひてそのみそをむさぼりて吸ふ口汚しつつ

たたかひに斃れしもののかなしさは草生にしづむ馬力神の碑

ピエロ

華やかに熱帯魚の群すぎゆくを岩間に見上ぐる鱓《うつぼ》の憂鬱

水槽をめぐる鮪を仰ぐとき笑顔ゆらゆら鱏《えひ》がよぎりぬ

あまがける翼捨てたるペンギンの魚追ひつつ水中自在

水族館に飼はれながらもペンギンは小さき縄張りひたすら守る

潮騒の聞こゆるショーの舞台にて客に手を振るピエロの海驢《あしか》

ふるさとの海が見えるか宙高く跳びたり海豚《いるか》はショーの終はりに

月の夜にその身ますます透きゆきて水母《くらげ》はうちなる棘を忘れん

筆順

素麺を茹でんと鍋を火にかけて庭に茗荷のうすべにを摘む

炎熱のひと日の果ての落日が遠き筑波をいまし呑みこむ

さはりなく六十八年生きてきて孫に教はる「郵」の筆順

こぞの秋甕を遁れし斎ならん寝待月夜をすずむしが鳴く

展望台にいま見し夜景の一点になりゐんわれのテールランプも

二〇〇八年八月

ベイジンに千の花火のひらくときグルジアに万の砲火炸裂す

オリーブの葉もて勝者をたたへゐる映像消えて黒き砲煙

走らずに急げといふはつらからん競歩選手の表情ゆがむ

猛暑日

猛暑日とふ新語にはかに定着し兄の病はすすみゐるらし

み柩をひと夜まもりし白百合の朝のひかりのなかに咲きそむ

闘病にやぶれし兄を見送りてにはかにことしの暑さ身にしむ

秋を待たず逝きたる兄にひともとの初穂そなへぬけふ七七日《なななぬか》

街川のみづ澄むところ底くらき影を映してひとつ橋あり

朝あさにあたらしき花咲きつぎて木槿《むくげ》は炎暑の嘆きをしらず

はなやかに咲けどさびしき曼珠沙華花は葉を見ず葉は花知らず

ひぐらしの鳴くころひとつ朝床に聞きとめてより眠りたるらし

隠り沼

展望風呂に待てばにはかに雲切れて白馬三山眼前にあり

雷雲は五竜をつつみ暗みたるなだり牛らの下りくる見ゆ

夏日照るがれ場危ふくくだりきて延命水のしたたりを享く

かすかなる音して鳰《にほ》消え水輪消え沼面一面うろこ雲なり

雨を衝き登りつめたるいただきは雲上にして槍ヶ岳見ゆ

雨具重く山くだるとき前山にわがためのみの虹の断片

登山口にくだりてくればけさのままに肩抱き合ひて道祖神おはす

朝おそく日の暮れはやきこの村はいづちゆきても激つ瀬の音

捨つべきを落とし尽くしし落葉松のただひと色の冬の屹立

からまつの金の細葉の降る日ぐれ鳴虫山に雲かかりたり

ぶなの実は色づきましたか隠《こも》り沼《ぬ》にあかねあきつは群れてゐますか

自由人

包丁にもの刻む音聞こえしがしばしおくれて柚子の香とどく

直売所の棚のひとすみ明るきは花首ばかり摘み来し黄菊

人住まぬ集落跡の道路にて何もうつらぬカーブミラーが佇つ

県境の山越えて来し雪雲か午後の日差しをしばしさへぎる

小春日の午後をこもれば雀らの水浴む音の庭に聞こゆる

本好きの自由人《ホームレス》らし橋のしたに漫画と文学全集を置く

ベスト着て髪を飾りて爪を染めこんな姿がいいのか犬よ

入植の名残とどむる牛小屋に老いし柴犬「小春」の自適

潮時

費用対効果の尺度にはかられて合鴨圃場は荒れはてにけり

ともどもに老斑しるきわれと柚子と湯船のなかに鼻つきあはす

たんたんと答へをれども映像はにぎる拳の震へをうつす

毀たれし生家の電話番号はわが暗証としていのちながらふ

退職ののちに結びしネクタイのおほかたひとの死を悼むもの

ひと葉またひと葉落葉の散るやうにけふも喪中のはがきが届く

湯をそそぎ待つ三分の間におもふ北のみさきに冬を呼ぶ馬

受け皿にコップあふれてたまりしをすすりて今宵の潮時とせん

空白を埋めん余生のあるなしは知らず十年日記あがなふ

かなしみをさらすごとくにレジ袋提げて師走の雑踏のなか

冬　芽

二〇〇九年―二〇一一年

境内のけやき落葉を踏みゆくに桜木下はさくらの落葉

七十年病むこともなく生き来しを罪のごとくに思ふきさらぎ

むらさきに冬芽けぶらふ峡をゆく明日待つものに声かけながら

冬木々の影あはあはと布くところ歩みきてわが影をうしなふ

スーパーの子ども広場に小雪散り駝鳥の長きまつげ濡れたり

とりあへず食と住との憂ひなくまどろんでゐる檻の日だまり

酒のあてにならんと出でし蕗の薹なればその意を酌みてわが摘む

雨霽れてつねより光澄む朝は無花果《いちじく》ジャムをたつぷり塗つて

投了

カナダの子は友情と答へ日本の子は空気と言ふとぞ目に見えぬもの

敗者より言葉なければ投了ののちの静寂しばらくつづく

音声のら抜き言葉がテロップに修正されて日本語となる

言の葉にひそむ情緒をさりげなく削ぎてテレビにテロップ流る

言の葉のかくまで軽き世に生きてそのきれぎれをひそかに紡ぐ

水平線に囲まれながら魚たちは水平線を見たることなし

十六夜《いざよひ》の月わたりゆきシャッターのかげに軽羅のマネキン眠る

伸びてゆく影踏み帰るポケットにきちきち鳴れりけふの充実

炭住跡

新緑の峡より乗りて黄の蝶は炭住跡の駅に降りたり

吹くかぜに麦畑ゆらぎいくところ標《しめ》の卯の花ひかりを反す

風吹けば花幾千の蝶となり舞ひたつ日ぐれの馬鈴薯畑

自転車の錆びつつ眠る葦原によしきり鳴きてわれを威嚇す

よく動く唇見つつ思ひをり稚児車《ちんぐるま》が木であるといふこと

トリアージの黒色タグを付すやうに職解く人を選びゐるのか
その累のおよばぬやうに殺処分す牛豚鶏そして人

今年仔

崩落のさまあらあらし峰の茶屋すぎて朝日岳《あさひ》に向かふ痩せ尾根

ひすがらを霧わけながら登りきて熱き野天湯また霧のなか

湯泉の湧きて圧しくるいきほひにたゆたふわれと白きはなびら

湯泉にたゆたひをればおもむろに明神岳に月のぼりたり

刻まれて神となりたる道祖神月の夜は石に還りてねむる

すみやかに雲うつろひて林中に雨の名残は梢より落つ

今年仔の猿と鹿とに出遇ひしをさきはひとして山を下らん

うどん屋に冷し中華ののぼり出て峡は一村さみどりのなか

水府流

ま昼間は小綬鶏わたる交差路に信号つきぬ人みまかりて

梅雨のまの光さすときえごの木はおのれの影にその花散らす

母の忌は葦のみどりの伸ぶるころ羯諦《ぎやてい》波羅羯諦よしきりが鳴く

朝食の白き小鉢に佃煮の小えびことごとく祈りのかたち

ヨーグルトに桑の実ジャムをまぜてなる墨流《マーブル》に託すけふの吉凶

コックスの声下りゆく川の辺は水府流水術道場のあと

まやかしの海の水にて浅蜊らは身をきよめゐん夜の厨に

灯を消していざ眠らんか光あるゆゑに見えざる何やあるべき

田仕舞ひ

音もなく夕べの茜ひろがりて寺町いづこも木犀かをる

近道を選びて道に迷ひしが金木犀のおくれ香に遇ふ

手に刈りて稲架《はさ》にかけるを常とせし老い病みてことしの田仕舞ひはやし

いくたびも飛びきて庭に水を飲む鳥あり鳥はつねせはしくて

まのあたりいかなる川を見出でけんガラス戸うちて翡翠《かはせみ》は墜つ

ときながく光あつめし黄葉《もみぢば》の地に落ちてなほひかりをたもつ

午後の日のつよく差すとき黄の菊の色香に蜂の酔ふごとく寄る

行政放送

居酒屋のあるじ描ける壁の絵が鯥《むつ》にかはりて燗酒よろし

われに似る風体告げて行政放送《いうせん》は徘徊老人の身元を探す

ロボットといへどおわらを踊るとき風をすくひて天にささぐる

まちなかに育ちしものの悔しさはすかんぽ談義黙しつつ聴く

金運も恋愛運も吉のはず寝しなに思ふけさの星占

五日ほどひげ剃らざればおのづから少しとほのく組織の倫理

川霧の底ひたどりて出でくれば海に接して霧湧くところ

負ひきたる重荷どさりと投げ出して波はながなが渚にひらぶ

落武者

ほがらかに山上の湖《うみ》わたりくる卵托しし鳥たちのこゑ

湯坂路は石だたみ道いにしへのままに風すぎ木漏れ日あそぶ

いましがた会ひて別れし人ならん尾根道はるかたどりゆく見ゆ

尾をふりてわが前あゆむ尉鶲《じょうびたき》おまへもバイカル湖まで帰るか

逝く春を惜しまん旅と出でてきて木の芽峠の照り降りのなか

村歌舞伎二間花道にひそみゐる落武者あれは役場職員

吉野川潜水橋のなかほどに会ひたる男の茨城なまり

あたらしき山靴を買ふ計りえぬわれの余命をはかりながらに

防波堤

年々になからひ淡くなりゆくとかかる嘆きも互みなるべし

塩壺の底ひに滲むしたたりのごとき苦ありきみなひもじくて

丘畑に夕かげみちてゆるゆると鍬ふる人の反復が見ゆ

折れたるもひび割れたるも収穫す加工契約にんじんなれば

住民のねがひに防波堤成れば代償として砂浜消ゆる

わがともす門灯さへや列島に満ちてきらめく驕りのひとつ
さしあたりひと日の憂さは遠ざけていまは睡りの誘ひを待つ

遺　恨

朝あさにあゆめばときによきことありけさ拾ひたる栗の実三つ

凍てつきし細き流れのかたへにてさかんなるかな羊歯の緑は

なにゆゑに学ぶかわれに問ひし子の子がまたわれに問ふ三十年経て

朝夕に聞きてなじみし鐘の音の人無く鳴るを見てしまひたり

唇を噛みてこらへし悔しみは歯科衛生士にのぞかれてゐる

幸せは背中あたりにあるらしい馬手《めて》も弓手《ゆんで》もとどかぬあたり

この遺恨はらさでおくか渚辺にひそかに鉗《はさみ》を研ぐ潮まねき

この町の人口ほどが一年に自死する国ぞ雷鳴ひびく

亀裂

瓦落ち塀倒れたる者同士こころゆるして給水を待つ

水もパンも音も光も絶えし夜を北斗七星ちかぢかとあり

地震にてとまりし電車十日経てまだとまりゐる菜の花のなか

地震《なゐ》あとの水の確保に追はれつつ気づけば馬酔木は花ひらきたり

執拗に余震つづきて家うらの路地の亀裂がまた深くなる

震災の名残の路地の水たまりときに鳥がきて水をのむ

用水路くずれて水の来ぬ田にて目覚めし蛙ほそほそと鳴く

朝床に愉しみをりし小綬鶏の地震ありてより鳴かずなりたり

禍霊

天地のなべて汚染のすすむ間に沈丁闌けてその香うするる

土に散る桜のうてなもろともにふかく密かに降りつもるもの

禍霊《まがつひ》の嗔りをさまる気配なく馬鈴薯の花咲くころとなる

地震あとの閉鎖解かれず図書館はかをる若葉のなかにしづもる

新しき風評ひとつひろがりて梅雨明け二十日まだ蟬鳴かぬ

日常のまま百五十キロただよひて茨城沖に着きしながら

丘畑は雲ひくく垂り廃棄せしキャベツ五千に花咲きたりと

貨物列車

一枚の鉄扉のまもるいとなみのつらなりてをり暗き廊下に

朝の霧わづかゆらぎてつたひくる貨物列車の橋わたる音

どこまでもどこまでも空青ければ百舌の鳴くこゑ神にとどかん

川の面にゆふべの茜およぶとき鴨の来たりてひかりを散らす

つぶやきを形になして人の目にさらさしむなどさびしきことを

風わたる枯葦原は支へあふものらの交はすささやきに満つ

可も不可もなき一年の総括と人間ドックの結果がとどく

木馬

二〇一二年—二〇一四年

芝枯れしサッカー場にかすかなる凹凸ありて冬日うつろふ

つかのまの茜なれども冬の日のわたりしあとの空をいろどる

杉森の影しりぞきて丘畑は麦のみどりに冬日あまねし

嘴太鴉《はしぶと》は威嚇し猫は無視をして霜どけの路われにゆづらず

不覚にも庭に転びてあふぎたる槻のこずゑのおくの冬空

冬空に楽の音吸はれゆく午後を人ゐぬままに木馬はめぐる

原発が十キロ先にあることはひとときき忘れ初春を酔ふ

何者のしわざか狭きこの居間にわれの眼鏡がときどき消える

賜物

菠薐草《はうれんさう》のこのやはらかさおいしさはけさかうむりし霜の賜物

きさらぎの朝あたたかく靄こめて海は水平線をうしなふ

改憲を語る人ゐて鳩のむれは朝日の空に黒白反転す

再稼働反対といへど是非もなし長きエスカレーターに地底にくだる

価値観はかくたはやすく移ろひて我らメービウスの帯渡りゆく

開くべき扉失せたる鍵ひとつわが抽斗にひかりをたもつ

あらかじめ画面に出でしテロップを確かむるごと音声が追ふ

をりをりに鰭をあふりてみづからの重さささふる冬の真鯉は

鶏卵

「味よりも見栄えと安全で売れてます」直売場に農夫は嗤ふ

生協のイケメン男が運びくる放射能検査済みの鶏卵

風評のいまだ絶えぬに甘藍は霜巻きながら滋味増すらしも

原発のかなた藍濃き冬の海きらめきをりて何事もなし

放射能はさあれ老いゆゑさしあたりインフルエンザの予防に努む

地震あとの地割れ底まで明るくてすみれ群れ咲くひとところあり

地震ののち無人となりしアパートが二年経て消ゆ春日のなかに

塩瀬

朝地震にゆられながらにうぐひすの呂律幼き声をききとむ

蠐螬《すくもむし》めざむをまちておもむろに用水路復旧工事はじまる

はくれんの凜たる白に老斑のきざしはじめて春闌けにけり

山行はかなはず防災訓練の煙体験に霧中彷徨《ホワイトアウト》す

新しき堤防成ればあひ寄りて苔むす川守り地蔵を移す

たはむれに手折りて吹けば蒲公英《たんぽぽ》の絮はかの日の空をただよふ

斜交ひのエスカレーターにて涼やかに塩瀬の白き帯降りてくる

雁擬《がんもど》きつつきておもふ銀杏坂古書肆銅鑼屋の店主の渋面

中継

降る雨の雪に変はらむころほひに夜の汽笛のさびしさを言ふ

もろともに歩みきたれど折ふしに妻見しものをわれは見ざりき

朝あさを妻のすすめに飲む薬名さへ知らねど効きてゐるらし

顔を見ればおほかたわかると妻のいふテレビドラマの犯人のこと

国会の中継しばし見てゐしが何かつぶやきて妻いでてゆく

検診の結果とどかぬいく日を妻の饒舌に救はれてゐる

雨あとに生ひくるもののおほかたの生殺与奪は妻の手にあり

夾竹桃の似合ふ少女と思ひしが高校野球のマネジャーとなる

沼太郎

木道は足にやさしくどこまでもどこまでも木梨《ずみ》の花あふれ咲く

わたすげの揺るる果てより直立《すぐ》ちて全けきかなや男体山見ゆ

湿原に冷気漂ひわたすげはひと日散らししひかりををさむ

はるかより渡りきたりて沼太郎朝かがやきの波の上にあり

しがらみを断ち切るごとく水鳥は水面離るるまでをはばたく

白檜曾《しらびそ》のをぐらき森のやさしさは木下の苔を霧がはぐくむ

みづならの若葉いきほふ一山をつつむえぞはるぜみのもろごゑ

霧の橋

卯の花の散り布くみちを軽トラにバイオ培養の芋苗がくる

鉄塔のかたへあゆめば熊蟬のささやくやうな電流のおと

ちぐはぐにそろふ歩みをたのしみて幼とリラの並木路をゆく

犬同士人間同士霧の橋に一週間の久闊を叙す

突然の死をかなしめば庭畑の葱にからまる昼顔ひとつ

かの夏の飢ゑをかたみに偲ばんと母に甘薯の花そなへたり

目も鼻もさだかならねばみ仏の面輪逝きたるたれかれに似て

窓にもる月の光をよすがとし壁をつたへりブレーカーまで

逃散

拝殿にすずめばちの巣ありと聞きけさは鳥居の前に手をうつ

いさかふはかなしきことと電線にめをの鳥はくちづけをする

朝霧の消ぬまとひとつひぐらしが思ひつきたるごとく鳴きいづ

雨あとの庭につどへる蟻たちの謀議は一揆はたまた逃散

ガラケーのごとつつましく生きをれば早稲の田んぼを雀が襲ふ

不吉なるものとしいへど鴉鳴く声はさびしゐまして日ぐれは

胸はりてほがらほがらに鳴きをれど百舌は高枝にいつでも独り

室生口大野の駅のホームにて遊ぶすずめも旅の思い出

語尾

舌先にはららごの粒まさぐりて思ひいでたる禍事ひとつ

もの喰らふ唇《くち》もてあした経を誦す不思議なれど時にあやしむ

通学の子らに声かけゐるわれも不審者リストに載るといふのか

品位ある者のみ議席に座りゐるなどと端《はな》から思ひをらねど

「採決で何れが正義か決めました」顔のアップをリモコンに消す

要するに政治のせゐ他人のせゐ「ぢやないですか」と語尾下げていふ

みちのくの林檎ことしも届きたり放射能NDの添へ文つけて

ならびたつ高層住居の辻々にベンチ置かれて老いらはいこふ

馬力神

海の上の朝かがやきをふたわけにいづくめざさん船とほざかる

きのふけふ空よく澄みて去年より十日おくれの彼岸花さく

曼珠沙華むれ咲くなかに馬力神の石碑《いしぶみ》ありて軍馬はねむる

亡き父に花を手向けてふいにおもふ父は黄菊を好みたりしや

ねんごろに土をさぐりて芋を掘る要らざるものは地に還しつつ

否も応もなきがごとくに坂道を転げゆきたる青柿ひとつ

足早にわれを追ひぬく若者よ飯食ふはやさはまだ負けないぞ

歓迎か威嚇か知らねちかづけば門灯ふいに点りて照らす

踏み跡

落葉松の林をかよふ一筋のみち縦位置のファインダーのなか

ひるすぎの林にをれば散り布ける落葉のうへに落葉散るおと

湖に月照るころを歩みけん鹿の踏み跡なぎさにつづく

谷地《やち》梻《だも》の影濃き沼のなぎさ辺は鹿の親子の草食むところ

隠り沼の水面に散らふ紅葉さへおのづからなる序列あるらし

次の代につなぐ営為を終へしかばしづかなるべし森もまた人も

紅葉踏むかそけき音とふりむけばただほそほそと冬日照る道

をりをりに雪煙たつ湿原を霧うつろへば光うつろふ

稽田

たえまなく湧きて圧しくる海霧に生あるものは声をつつしむ

かすかなるいのちの香りたもちつつかつら落葉は地《つち》にまぎれず

さしそむる光のなかを穭田《ひつぢ》田に背中まるめてわが影あゆむ

わさび田をやしなふ沢の水にうつ常陸秋そば香にたつものを

繁栄の時代を群れて生きゐたり焙烙《はうろく》のなかの豆のごとくに

記すべきなにものもなき一日を日記にしるす幸ひとして

いましばしうた詠みながら生きよとや午後の丘畑雉鳩が鳴く

あとがき

この歌集は、『有無』につぐ私の第二歌集である。

『有無』上梓後十五年になるが、その間、恩師・川島喜代詩、畏友・熊谷仁のお二人を失った。うたづくりの初歩から私を教え導き、つねに支えてくれたこのお二人を亡くした衝撃は大きく、私は二十数年お世話になった「運河の会」を退会した。その後、新聞投稿などでほそぼそと作歌を継続していたが、縁あって「星座の会」に身を寄せることになり、現在、尾崎左永子主筆をはじめ多くの先輩諸兄姉の励ましをいただきながら、うたづくりを続けてさせていただいている。また、一年前から「星座α」にも参加させていただいた。本当にありがたいことである。

私のうたは、底が浅く、身の回りのあれこれをただ単彩でスケッチしているだけのうたばかりである。『有無』の跋で川島先生から、「わたしのみるところ、実をつきつめて、次第に虚をのぞいているように思える」と将来への指針を書いていただいたが、その期待にまだ遠くいる。また、私自身、短歌の良し悪しについていまだ確固たる基準が確立していない。そんなこんなで、この歌集も、もっぱら自分の好み優先の選歌になってしまい、事柄の目立つうたばかりになってしまったようだ。だから、お読みいただいた方はさぞつまらなかったことだろうと恐縮している。でも、その中から、読んでくださった方の心の泉に波紋のひろがるような一首があったとすれば、それにまさるよろこびはない。

書名『屈伸』は、集中の〈年輪のうへに数ふるわが一生しやくとり虫の屈伸ひとつ〉によるが、年金生活の変化のない暮らしに、わずかながらではあるが、時間の屈伸にも似たゆらぎを与え、アクセントをつけ続けてくれている、うたづくりのよろこびも含めたつもりである。これからも、尺取虫の屈伸のような歩みを続けたい。

私事になるが、私は、ことし一月で七十七歳になった。いわゆる喜寿である。そして、十月で結婚五十年を迎える。この間、つねに私の健康をもい、精神的に支えてくれ、そしてこの歌集上梓に際しても変わらぬ後押しをしてくれた妻に、心から感謝したい。

また、万端のご配慮をいただいた青娥書房の関根文範さん、装幀をお願いした石川勝一さん、ありがとうございました。

二〇一五年一月

篠原　克彦

朱の旗文庫 4

歌集 屈伸

平成二十七年一月二十五日 発行

著 者 篠原克彦
発行者 関根文範
発行所 青娥書房
東京都千代田区神田神保町2—10—27 〒101-0051
電 話03（3264）2023
FAX03（3264）2024

印刷所 モリモト印刷

ISBN978-4-7906-0327-6 C0092
＊定価はカバーに表示してあります

篠原克彦
1938年生まれ
ひたちなか市市毛426—7　〒312—0033